Rasi busca casa

Begoña Oro

Ilustraciones de Dani Montero

LITERATURA**SM**•COM

Primera edición: abril de 2017
Sexta edición: abril de 2021

Edición ejecutiva: Berta Márquez
Coordinación editorial: Carolina Pérez
Coordinación de diseño: Lara Peces

Impresores, 2
Parque Empresarial Prado del Espino
28660 Boadilla del Monte (Madrid)
www.grupo-sm.com

ISBN: 978-84-675-9117-0
Depósito legal: M-35083-2016
Impreso en la UE / *Printed in EU*

Para Teresa Corvinos
y Guiomar Díaz,
fans número uno
de Rasi y de los libros.
B. O.

Para Leo.
D. M.

LA PANDILLA DE LA ARDILLA

NORA

Nora es tímida.
Le **encantan** la naturaleza,
las cosas bonitas,
los cuentos de su abuela
y los libros.

AITOR

A Aitor también le gustan
los libros, la música...
y es un aventurero.
A veces saca versos
de dentro del sombrero.
Y es que Aitor es nervioso
y medio poeta.

IRENE

Irene es tan nerviosa
como Aitor... o más.
Irene es tan «más»
que le encantan las sumas,
el fútbol y la velocidad.
Pero hasta una deportista veloz
necesita calma de vez en cuando.

ISMAEL

Ismael es experto
en mantener la calma,
comer piruletas, pintar
¡y hacer amigos!
¡Ah! A veces
(muchas veces)
se olvida de cosas.

¿Y yo?
¿Nadie
va a hablar
de mí?

La primera vez que Rasi vio a Babi era de noche.

La luna brillaba y el resto de la pandilla de la ardilla... roncaba. Cada uno en su casa.

Aitor soñaba con componer una canción.
Irene soñaba con una canción
con una letra bien sencilla: «¡GOOOOOL!».
Nora, con una excursión
a lomos de un elefante.
E Ismael, con piruletas de tamaño elefante
(africano, que es más grande).

Mientras tanto, Rasi se pellizcaba
para asegurarse de que no estaba soñando.

¿Qué era eso que veía a la luz de la luna?
¿Un caracol sin casa?

–¿Hiii? –le preguntó Rasi,
que, como todo el mundo sabe,
significa en idioma ardilla:
«¿Cómo te llamas?».

El caracol sin casa
entendía el idioma ardilla,
pero no lo hablaba.
En realidad no hablaba nada de nada.
Su lenguaje consistía en mover las antenas.

–Me llamo Babi
–dijo moviendo la antena izquierda.

Pero, como Rasi no entendía su idioma,
se quedó sin saberlo.

–Mmm...
De momento te llamaré Caracol Sin Casa.
¡Pobre! –dijo mirándolo con pena–.
¡Pero no te preocupes!
¡Yo te buscaré una casa!*

* Traducido del idioma ardilla.

A la mañana siguiente,
Ismael encontró a Rasi algo preocupada.

Normal: es que REALMENTE
estaba preocupada.

Se había pasado toda la noche sin dormir,
buscando casa para Caracol Sin Casa.

Al principio, pensó que sería fácil,
pero cada vez lo veía más complicado.

Ya había probado varios inventos
y ninguno había funcionado.

Había recorrido todo el jardín
del patio del colegio,
pero no había ninguna caracola vacía.

Había buscado en internet,
pero en casalista.com
no había casas para caracoles.

Había preguntado a doña Lechuza,
pero ella le había dicho:
«¡Uf! ¿Quieres encontrar una casa?
¡Yo tardé dos años en encontrar esta rama!
Ahora mismo es más fácil
encontrar nueces en un manzano».

La verdad es que, a partir de ahí,
Rasi se distrajo un poquito buscando nueces
(en los nogales; no en los manzanos).

El resultado es que había pasado la noche
y Rasi había encontrado siete nueces,
pero ni una sola casa para Caracol Sin Casa.

¡Y ahora ni siquiera
encontraba a Caracol Sin Casa!
¿Sería como doña Lechuza,
que dormía durante el día?

Ismael no sabía nada de todo esto,
pero intuía que Rasi estaba preocupada.
Y decidió intentar animarla.

Rebuscó en su mochila,
esquivó los pañuelos de papel con mocos,
los lápices sin punta, las peonzas sin cuerda,
las migas, los sobres abiertos sin cromos...
y, por fin, sacó una piruleta
de tamaño elefante
(asiático, que es un poco más pequeño).

–Toma, Rasi.
Seguro que esto te hace sentir mejor.
Rasi miró y remiró la piruleta.
Hay que reconocer
que era una piruleta preciosa.
Azul, amarilla, naranja, verde...
Sus colores formaban un remolino.
Parecía un arcoíris friolero
que se hubiera encogido para entrar en calor.
Solo con verla daban ganas de sonreír.

Pero una piruleta
no era lo que Rasi andaba buscando.
Ni aunque pareciera un arcoíris
hecho una bola.

–Hiii hiii –dijo. O sea: «No, gracias.
Lo que necesito es una casa
para Caracol Sin Casa».

Pero no siempre es fácil
comprender el idioma ardilla.
Ismael insistió en que Rasi
se llevara la piruleta.

Rasi decía que no con la cabeza.

Ismael insistía sonriendo.

Rasi, que no.

Ismael, que sí.

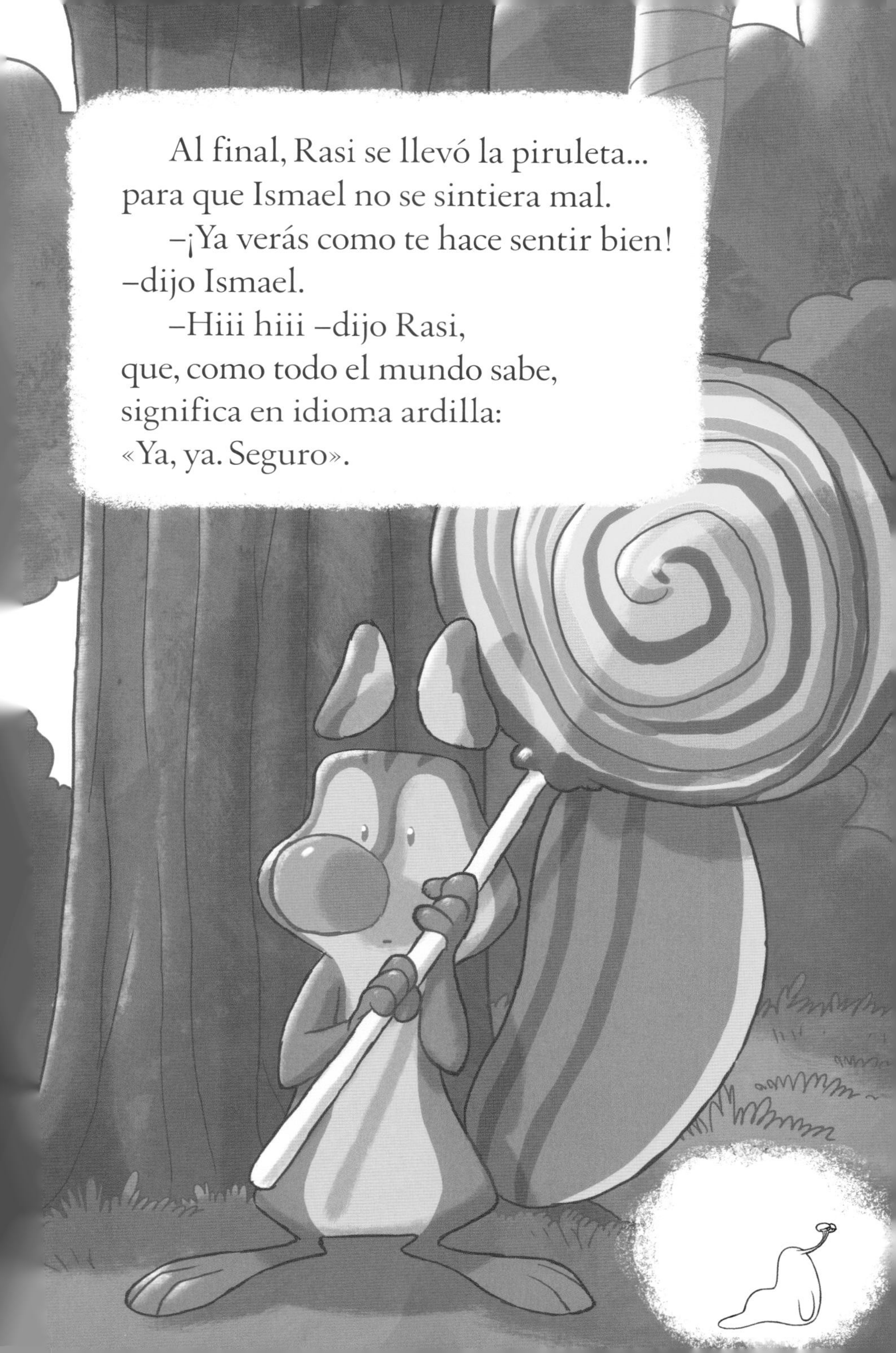

Al final, Rasi se llevó la piruleta... para que Ismael no se sintiera mal.

–¡Ya verás como te hace sentir bien! –dijo Ismael.

–Hiii hiii –dijo Rasi, que, como todo el mundo sabe, significa en idioma ardilla: «Ya, ya. Seguro».

Rasi se llevó la piruleta a su rama.
Mientras esperaba
a que apareciera Caracol Sin Casa,
dio un lametazo.

«¡Puaj, qué dulce!», pensó,
y dejó la piruleta apoyada en el árbol.
La parte chuperreteada
se quedó pegada a la corteza.

«Vaya –pensó Rasi divertida–, mi saliva parece pegamento».

Las horas pasaban y Caracol Sin Casa no aparecía.

Rasi esperaba y esperaba. Y pensaba y pensaba. ¿Dónde podría encontrar una casa para Caracol Sin Casa?

Una hormiga se subió a la piruleta y le dio un lametón.

Rasi la ahuyentó.

Y entonces se dio cuenta: ¡tenía la solución delante de su rosa nariz!

Se moría de ganas
de que Caracol Sin Casa
llegara para contárselo.
¡Le iba a encantar!
¡Le había encontrado la casa más bonita
(y dulce) del mundo!

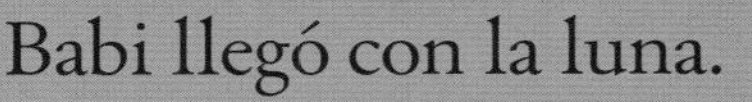

Babi llegó con la luna.

–¡Caracol Sin Casa!
¡Caracol Sin Casa! ¡Por fin has vuelto!
–dijo Rasi en idioma ardilla.

Entonces,
se apresuró a quitar el palo de la piruleta
y la colocó sobre Caracol Sin Casa.

Rasi dio dos pasos atrás
para contemplar su obra.

Bajo la luz de la luna,
los colores de la piruleta
brillaban sobre Babi.

–Y ahora te llamaré Caracoliris
–dijo Rasi en idioma ardilla muy contenta.

Sin embargo,
Babi-Caracoliris no parecía tan feliz.

Se agitaba molesta,
como si quisiera quitarse de encima
su nueva casa.

—¿Qué pasa, Caracoliris? ¿No te gusta? ¡Pero si te queda genial!

Y Babi se agitaba y movía las antenas de izquierda a derecha: que no.

Y Rasi se empeñaba: que sí.

Que no.

Que sí.

Y al final,
Babi se fue con su casa piruleta...
para que Rasi no se sintiera mal.

Pero la noche siguiente,
cuando Rasi encontró a su nueva amiga,
descubrió que ya no llevaba
su casa piruleta a cuestas.

–¡Oh, Caracoliris!
¡Otra vez eres Caracol Sin Casa!
–dijo en idioma ardilla–.
¿Se te ha caído?
¿Se la han zampado las hormigas?
¡Mira que son golosas las glotonas esas!
Pero no te preocupes.
¡Yo te conseguiré una nueva casa!

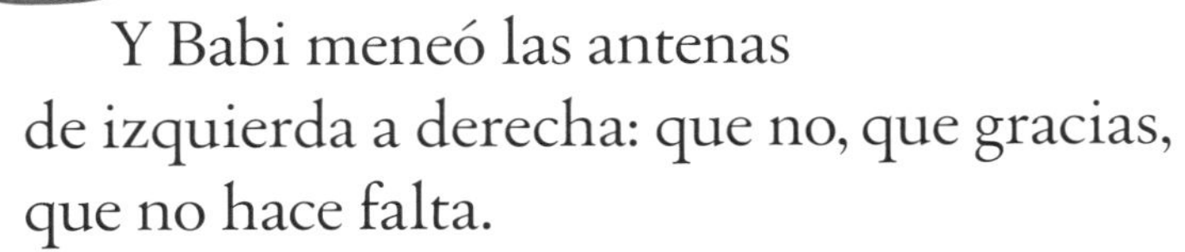

Y Babi meneó las antenas
de izquierda a derecha: que no, que gracias,
que no hace falta.

Y Rasi se empeñó: que sí, que faltaba más,
que le encontraría una casa.

Que no.

Que sí.

Y al día siguiente,
Irene encontró a Rasi preocupada
y con cara de sueño.

Normal: había pasado la noche buscando
casa para Caracol Sin Casa.

Pero Irene no sabía nada de eso.
Solo sabía que ella tenía un método infalible
para hacer que Rasi se sintiera feliz.
¡Un balón! Vale que no fuera muy grande
y que estuviera medio desinflado,
¡pero era un balón!

–¡A mí todas las preocupaciones
se me pasan con un balón!
–dijo Irene a Rasi–. Juega un poco.
Ya verás como te sientes mejor.

Rasi no tenía fuerzas
ni para decir que no.
Así que dijo: «Hiiii hiiii»,
que, como todo el mundo sabe,
quiere decir en idioma ardilla:
«Ya, ya. Seguro».

Y se llevó el balón...
para que Irene no se sintiera mal.

Rasi fue hasta su árbol
dando patadas al balón, sin ganas.
Se tumbó en el suelo boca abajo.
No le apetecía jugar.
Estaba demasiado preocupada
pensando dónde podría encontrar
una casa para Caracol Sin Casa.

Rasi empujó sin ganas el balón una vez.

Otra.

Otra más fuerte.

El balón rebotó contra el árbol y aterrizó sobre la espalda de Rasi.

Boca abajo, con el balón encima, Rasi se dio cuenta de que tenía la solución encima de su marrón espalda.

¡Ya tenía casa para Caracol Sin Casa!

Esperó ansiosa a que llegara la noche y, con ella, su nueva amiga.

Babi apareció tan campante por el camino de siempre.

–¡Caracol Sin Casa! ¡Caracol Sin Casa! –la llamó Rasi en idioma ardilla–. ¡No te preocupes! ¡Te he encontrado una casa!

Babi meneó las antenas de izquierda a derecha.

Pero Rasi no entendió. Directamente le plantó el balón medio desinflado encima.

–Ahora te llamaré... ¡Caragol! –dijo Rasi, y ella misma se mondó de risa de lo bueno que le parecía el nombre.

–¡Caragol! ¿Lo pillas? –decía en idioma ardilla, doblada de risa.

Babi-Caragol no se rio ni un poquito. Meneó las antenas de lado a lado y suspiró. Le costaba avanzar bajo el peso del balón.

Pero a Rasi se la veía tan contenta...

La noche siguiente,
Rasi no encontró a Caragol
en el camino de siempre.
Buscó y buscó
y al final vio a su amiga
en el camino del fondo del jardín.
Solo que ya no era Caragol.
De nuevo era Caracol Sin Casa.
–¡Pero bueno! –dijo Rasi–.
¡Qué ha pasado ahora!
¡Has vuelto a perder la casa!

Babi levantó las antenas hacia el cielo, lo cual significa: «¡Oh, no!».

Sin embargo,
Rasi no es una ardilla
que se rinda fácilmente.

–Te prometo que esta vez
te conseguiré una casa para siempre.

Babi meneó las antenas de lado a lado:
«No, no. No hace falta».
Pero, una vez más, Rasi no entendió.

–¡Palabra de Rasi!
–exclamó Rasi en idioma ardilla.

Cuando Aitor encontró a Rasi
a la mañana siguiente,
la ardilla casi no se tenía en pie.
Había pasado toda la noche
buscando casa sin éxito.

–¿Qué te pasa, Rasi?
–dijo Aitor–. Te noto preocupada.

Rasi agachó la cabeza.

Lo estaba.

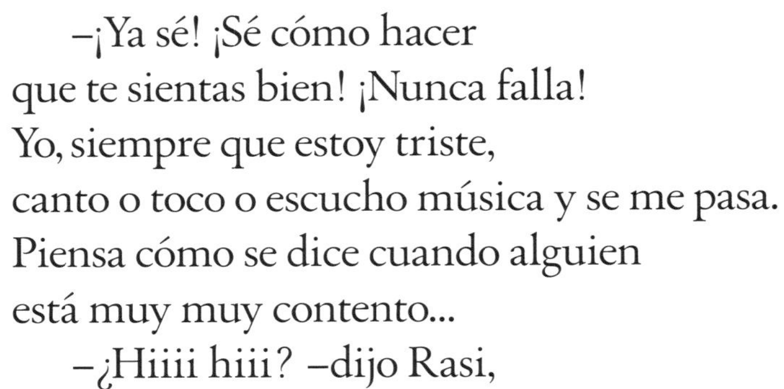

–¡Ya sé! ¡Sé cómo hacer
que te sientas bien! ¡Nunca falla!
Yo, siempre que estoy triste,
canto o toco o escucho música y se me pasa.
Piensa cómo se dice cuando alguien
está muy muy contento...

–¿Hiiii hiii? –dijo Rasi,
que en idioma ardilla significa:
«¿Más contento que una casa?».

–¡Más contento que unas castañuelas!
–explicó Aitor–. Eso es justo lo que necesitas, Rasi: ¡unas castañuelas!

Rasi pensó
que lo que en realidad necesitaba era una casa.
Pero Aitor estaba tan emocionado
que no supo decirle que no.

Cuando Aitor sacó de su mochila
unas castañuelas y se las dio, Rasi las cogió...
para que Aitor no se sintiera mal.

Pero esta vez le bastó
un vistazo a las castañuelas
para darse cuenta de que tenían
la forma perfecta. Tenían la forma de...
¡una casa para Caracol Sin Casa!

Rasi se puso a tocar las castañuelas feliz.
Tacatá tacatá.

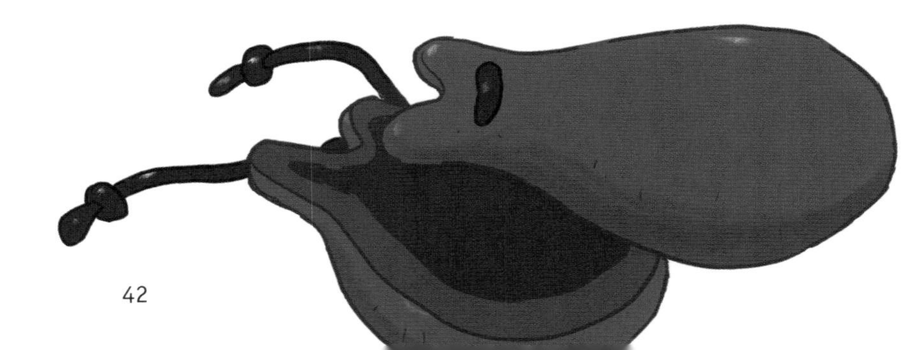

–¿Lo ves? –dijo Aitor–. Te lo dije.
¡Si hasta te ha cambiado la cara!
¡Se te ve más contenta
que unas castañuelas, Rasi!

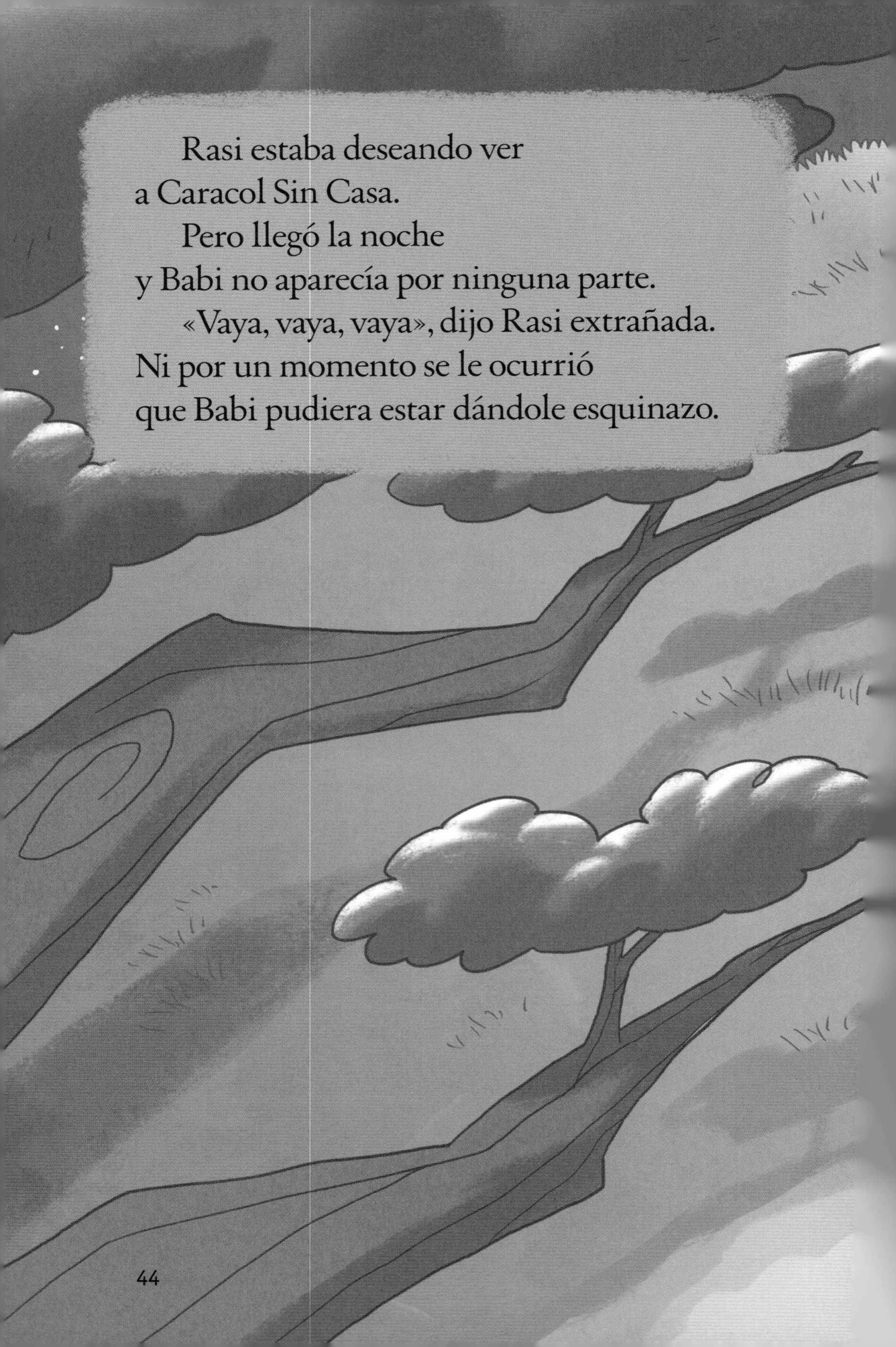

Rasi estaba deseando ver
a Caracol Sin Casa.

Pero llegó la noche
y Babi no aparecía por ninguna parte.

«Vaya, vaya, vaya», dijo Rasi extrañada.
Ni por un momento se le ocurrió
que Babi pudiera estar dándole esquinazo.

Rasi saltó de rama en rama.
De repente, cerca del patio de Primaria,
descubrió desde lo alto un rastro de baba.
A la luz de la luna,
brillaba como un caminito de plata.

«Qué trabajador es este Caracol Sin Casa
–pensó Rasi–. Lo mismo estaba yendo a clase».

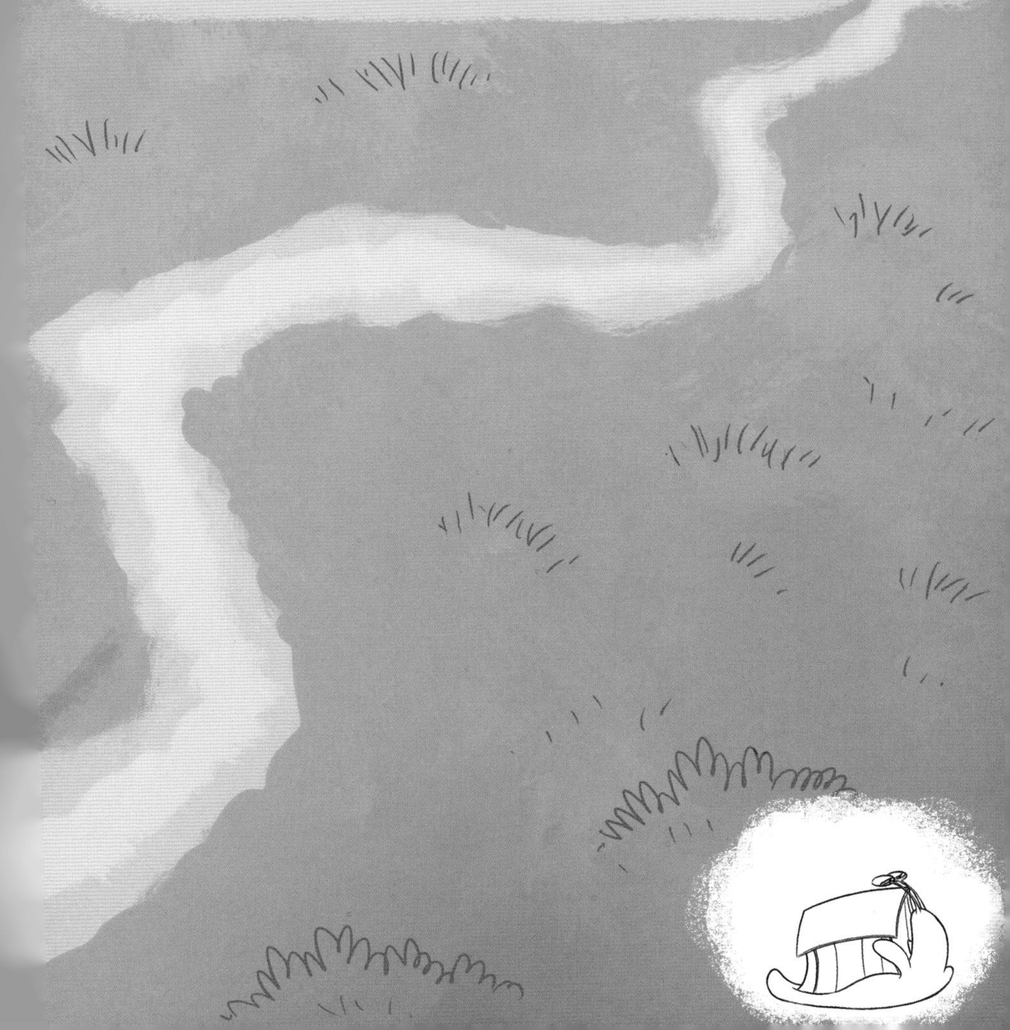

Rasi bajó de la rama de un salto
y se plantó delante de Babi,
que se encogió asustada.

Ese gesto sí lo entendió Rasi.

–¡No te asustes! Soy yo, Rasi.
¡Tu amiga y tu agente inmobiliaria!
Traigo buenas noticias:
¡te he encontrado la casa definitiva!
¡No te muevas! ¡Ahora vuelvo!

«Ay, madre.
A ver qué se le ha ocurrido ahora.
No me lo puedo ni imaginar»,
pensó Babi.

En un pispás,
Rasi reapareció arrastrando algo.

Con una ágil patada, puso el objeto de pie
y lo hizo sonar: tacatá.

Eran las castañuelas.

Efectivamente,
Babi ni se lo había imaginado.
Meneó las antenas
de lado a lado a toda velocidad,
como la cola de un perro contento.
Pero Rasi no entendió.

–Ya verás como no pasa nada
–iba tranquilizando a Babi,
como si fuera a ponerle una inyección.
Cogió las castañuelas
y colocó las dos piezas de madera
enderezadas sobre el cuerpo de Babi.

Hay que reconocer que las castañuelas tenían el tamaño ideal.
¡Formaban una casa de caracol perfecta!

–¡Y ahora te llamaré Caratañuela!

Rasi sonrió de oreja a oreja.

Poco duró la emoción.
Las castañuelas se cayeron hacia un lado
y sonaron: tacatá.

Babi volvió a subir las antenas hacia el cielo.

Pero Rasi siguió intentando colocar
las castañuelas una, tacatá, y otra, tacatá,
y otra, tacatá, vez.

Fue una noche larga.
De vez en cuando,
las castañuelas se sujetaban.
De vez en cuando se caían.
Al caer, sonaban. Tacatá.
Y todos los animales que dormían
en el patio del colegio
(las palomas, los gorriones, las hormigas...)
se quejaban de que el ruido
no les dejaba dormir.

La lechuza, no.
La lechuza se lo tomó como una fiesta.
«¡Ole, ole!», gritaba (en idioma lechuza)
cada vez que sonaban las castañuelas. Tacatá.
Y subía un ala, como bailando flamenco.

Cuando, a la mañana siguiente,
la pandilla de la ardilla llegó a clase,
encontró a Rasi y Babi
dormidas de puro cansancio.
Se habían quedado una encima de otra,
con las castañuelas en medio.

–¡Rasi! –exclamó Nora–.
¿Qué te pasa? ¿Estás bien?

Rasi abrió un ojo. Vio a Ismael,
Irene y Aitor. Abrió otro ojo. Vio a Nora.

Y de repente espabiló.

«Oh, no –pensó rápidamente–.
¡Seguro que ahora Nora
quiere darme algo para que me sienta bien!
¡Y seguro que no es lo que yo necesito!
Pero claro, se empeñará y se empeñará...
Y yo le diría que no,
pero no quiero que se sienta mal y...».

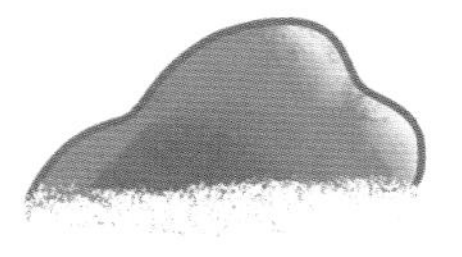

Entonces, miró a Babi,
que acababa de levantar las antenas
y miraba a Rasi con la misma
idéntica expresión,
con una cara que quería decir:
«¡Seguro que ahora esta ardilla loca
quiere buscarme otra casa!
Y se empeñará y se empeñará...
Y yo le diría que no,
pero no quiero que se sienta mal y...».

Y...

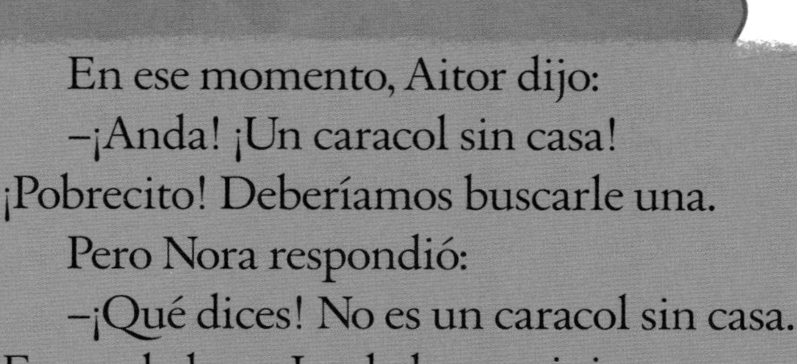

En ese momento, Aitor dijo:

–¡Anda! ¡Un caracol sin casa! ¡Pobrecito! Deberíamos buscarle una.

Pero Nora respondió:

–¡Qué dices! No es un caracol sin casa. Es una babosa. Las babosas ni tienen casa ni la necesitan. Son así.

Rasi miró a Nora con los ojos como platos. Luego miró a su amiga.

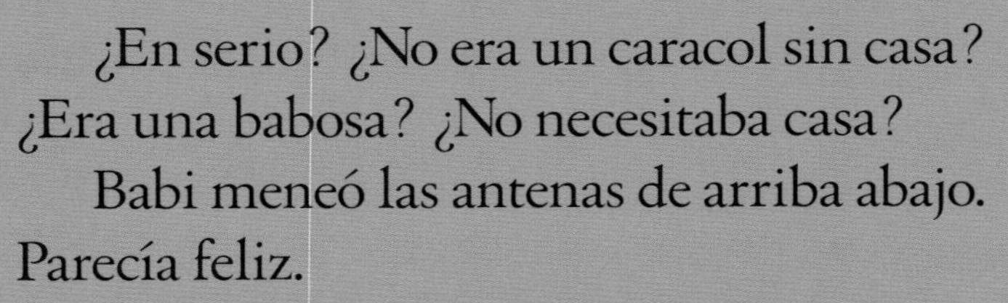

¿En serio? ¿No era un caracol sin casa? ¿Era una babosa? ¿No necesitaba casa?

Babi meneó las antenas de arriba abajo. Parecía feliz.

Entonces, Rasi cogió a la babosa del suelo y la abrazó diciendo en perfecto idioma ardilla:

–Te llamaré... ¡Babi!

Babi se dejó abrazar,
y si no abrazó a Rasi fue solo
porque las babosas no tienen brazos.
Pero le dio un cariñoso antenazo.

Rasi la miró y recordó
todas las «casas» que le había buscado:
la piruleta, el balón, las castañuelas...

–¡Ay, Babi!
La próxima vez que no quieras algo, ¡dilo!

La noche siguiente,
Rasi esperó a que llegara su amiga Babi.

Cuando la vio llegar, corrió hacia ella.

–¡Babi, Babi! –dijo–. Te he traído algo.

Babi se echó a temblar.
Ya temía que Rasi le trajera una casa
hecha con piezas de Lego o una casa canica
o una casa caravana o cualquier cosa.
Pero no. Rasi había entendido perfectamente
que Babi no necesitaba una casa.

–Te he traído... ¡una lechuga!
Y un poema que te ha escrito Aitor.

¡Oh, babosa!
Eres tan hermosa
como una mariposa,
aunque das un poco de cosa.

Babi sonrió
como solo las babosas saben sonreír
y dio las buenas noches a Rasi
como solo las babosas saben hacerlo.
–Buenas noches, Babi
–dijo Rasi en idioma ardilla.

A la mañana siguiente,
Rasi encontró en su árbol
un trozo de lechuga con forma de corazón.
Y es que el idioma de la lechuga
es universal.

A Irene le hace sentir bien jugar al fútbol. A Aitor, la música. A Ismael, las piruletas...

Cada uno tenemos una cosa, ¡o dos!, que nos hace sentir mejor. ¿Cuál es la tuya?

- Cuando me siento mal, hay dos cosas que me ayudan a estar mejor:

Una es ______________________________

Y la otra te la voy a dibujar:

* Traducción del idioma ardilla: «¡Que me abracen!».

TE CUENTO QUE A DANI MONTERO...

... son muchas las cosas que le hacen sentirse bien. Por ejemplo, cuando está frente a su mesa de dibujo, creando pequeños universos con nuevos personajes e historias, se siente muy bien. O cuando termina un trabajo con la sensación de que ha quedado bonito (como le sucedió con este libro). También se siente bien haciendo deporte, viendo una buena película, paseando con su perro, jugando con su gato o disfrutando de una buena comida en buena compañía. Y es que cree que, en general, disfrutar de nuestro tiempo con las personas a las que queremos nos hace sentirnos bien, ya que compartir lo que nos gusta con la gente que nos gusta es siempre más placentero.

Dani Montero nació en Catoira (Pontevedra). Sus inicios profesionales fueron en el campo de la animación, tanto en largometrajes como en series. Ha sido galardonado con diversos premios en animación, caricatura y cómic.

Si quieres saber más sobre él, visita su web y su blog:

www.danimonteroart.com
www.danimonteroart.com/es/blog

TE CUENTO QUE BEGOÑA ORO...

... cada mañana, en Dublín, cruza con su hijo Ignacio un bonito camino entre árboles. Unas veces, por el camino encuentran piñas. Otras veces, castañas, hojas bonitas, plumas o ¡ardillas! Una mañana, el camino apareció lleno de... babosas. Había cientos. Se cruzaban unas con otras. Se saludaban con las antenas. Avanzaban con prisa (con prisa de babosa). ¡Aquello parecía el Nueva York de las babosas! Y Begoña y su hijo parecían King Kong, pero menos salvajes. Aquella mañana, tuvieron que andar de un lado a otro saltando con cuidado para no pisarlas. Cualquiera que los hubiera visto habría pensado que estaban bailando. Ese fue el día en que Begoña conoció a Babi y en que Ignacio, con tanto bailecito, llegó tarde al colegio. ¡Pero ninguna babosa resultó herida!

Begoña Oro nació en Zaragoza y trabajó durante años como editora de literatura infantil y juvenil. Ha escrito y traducido más de doscientos libros: infantiles, juveniles, libros de texto, de lecturas... Además, imparte charlas sobre lectura, edición o escritura.

Si quieres saber más sobre Begoña Oro, visita su web:

www.begonaoro.es

Si te ha gustado este libro, visita

LITERATURASM•COM

Allí encontrarás:

- Un montón de libros.
- Juegos, descargables y vídeos.
- Concursos, sorteos y propuestas de eventos.

¡Y mucho más!

Para padres y profesores

- Noticias de actualidad, redes sociales y suscripción al boletín.
- Propuestas de animación a la lectura.
- Fichas de recursos didácticos y actividades.